兒童文學叢書

·藝術家系列·

永恆的沉思者

鬼斧神工話羅丹

羅珞珈／著

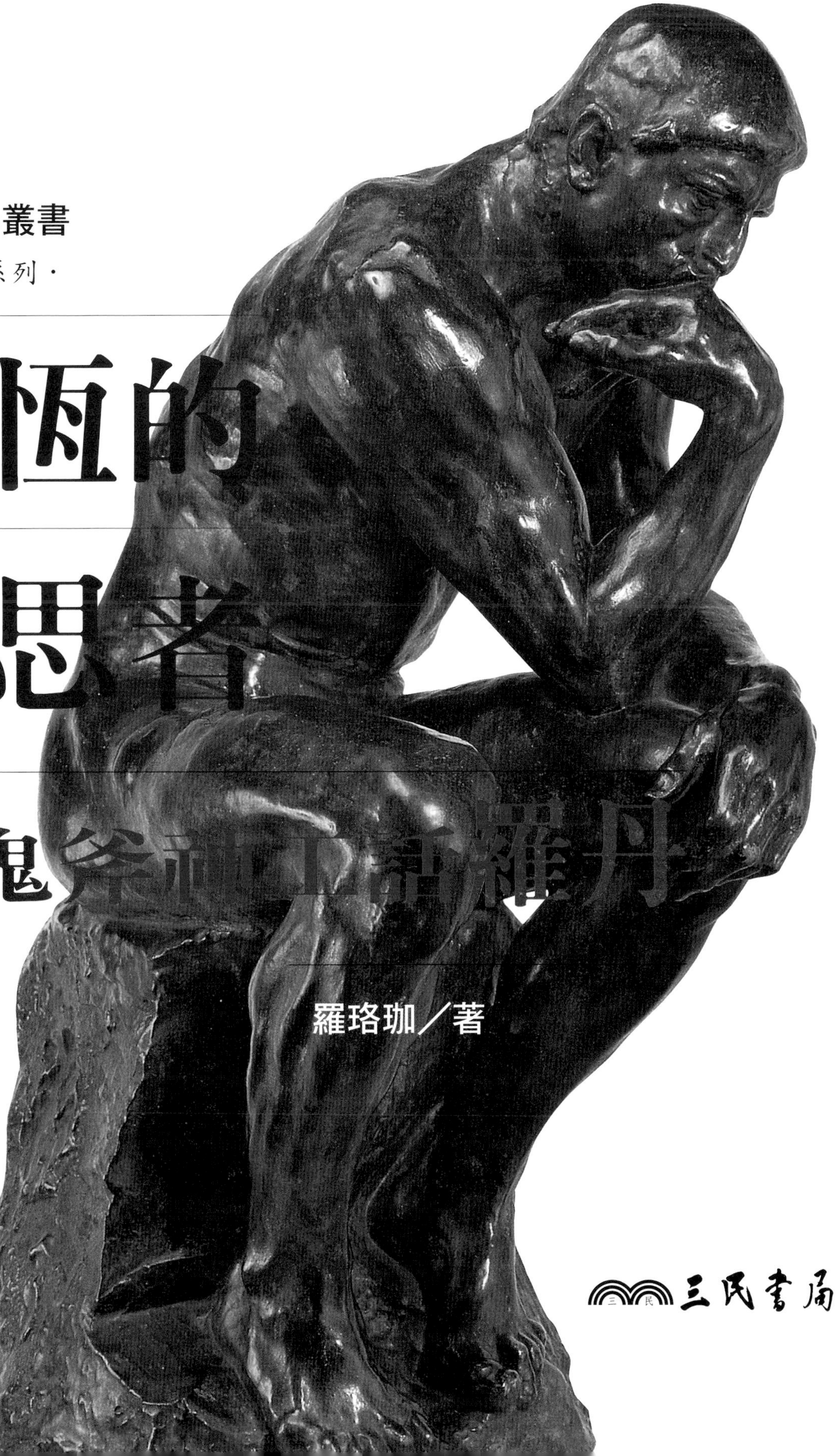

三民書局

國家圖書館出版品預行編目資料

永恆的沉思者：鬼斧神工話羅丹／羅珞珈著.——二版一刷.——臺北市：三民，2008
面；　公分.——(兒童文學叢書・藝術家系列)

ISBN 978-957-14-2739-3　(精裝)

1. 羅丹(Rodin, Auguste, 1840-1917)－傳記－ 通俗作品

859.6

© 永恆的沉思者
——鬼斧神工話羅丹

著作人　羅珞珈
發行人　劉振強
著作財產權人　三民書局股份有限公司
發行所　三民書局股份有限公司
地址　臺北市復興北路386號
電話　(02)25006600
郵撥帳號　0009998-5
門市部　(復北店) 臺北市復興北路386號
(重南店) 臺北市重慶南路一段61號
出版日期　初版一刷　1998年1月
二版一刷　2008年5月
編號　S 853821
定價　新臺幣240元
行政院新聞局登記證局版臺業字第〇二〇〇號

ISBN 978-957-14-2739-3　(精裝)

http://www.sanmin.com.tw　三民網路書店

閱讀之旅

很早就聽說過藝術大師米開蘭基羅、梵谷、莫內、林布蘭、塞尚等人的名字；也欣賞過文學名家狄更斯、馬克·吐溫、安徒生、珍·奧斯汀與莎士比亞的作品。

可是有關他們的童年故事、成長過程、鮮為人知的家居生活，以及如何走上藝術、文學之路的許許多多有趣故事，卻是在主編了這一系列的童書之後，才有了完整的印象，尤其在每一位作者的用心創造與撰寫中，讀之趣味盈然，好像也分享了藝術豐富的創作生命。

為孩子們編書、寫書，一直是我們這一群旅居海外的作者共同的心願，這個心願，終於因為三民書局的劉振強董事長，有意出版一系列全新創作的童書而宿願得償。這也是我們對國內兒童的一點小小奉獻。

西洋文學家與藝術家的故事，以往大多為翻譯作品，而且在文字與內容上，忽略了以孩子為主的趣味性，因此難免艱深枯燥；所以我們決定以生動、活潑的童心童趣，用兒童文學的創作方式，以孩子為本位，輕輕鬆鬆的走入畫家與文豪的真實內在，讓小朋友們在閱讀之旅中，充分享受到藝術與文學的廣闊世界，也拓展了孩子們海闊天空的內在領域，進而能培養出自我的欣賞品味與創作能力。

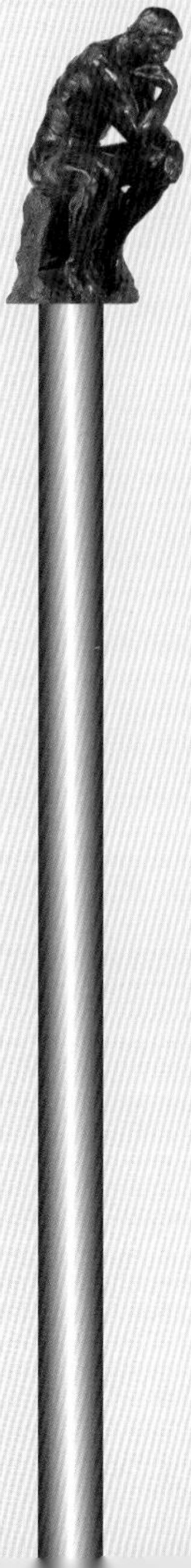

這一套書的作者們，都和我一樣對兒童文學情有獨鍾，對文學、藝術更是始終懷有熱誠，我們從計畫、設計、撰寫、到出版，歷時兩年多才完成，在這之中，國內國外電傳、聯絡，就有厚厚一大冊，我們的心願卻只有一個——為孩子們寫下有趣味、又有文學性的好書。

當世界越來越多元化、商品化的今天，許多屬於精神層面的內涵，逐漸在消失、退隱。然而，我始終牢記心理學上，人性內在的需求——求安全、溫飽之後更高層面的精神生活。我們是否因為孩子小，就只給與溫飽與安全，而忽略了精神陶冶？文學與美學的豐盈世界，是否因為速食文化的盛行而消滅？這是值得做為父母的我們省思的問題，也是決定寫這一系列童書的用心。

我想這也是三民書局不惜成本、不以金錢計較而決心出版此一系列童書的本意。在我們握筆創作的過程中，最常牽動我們心思的動力，就是希望孩子們有一個愉快的閱讀之旅，充滿童心童趣的童年，讓他們除了溫飽安全之外，從小就有豐富的精神食糧，與閱讀的經驗。

最令人傲以示人的是，這一套書的作者，全是一時之選，不僅在寫作上經驗豐富，在藝術上也學有專精，所以下筆創作，能深入淺出，饒然有趣，真正是老少皆喜，愛不釋手。譬如喻麗清，在散文與詩作上，素有才女之稱，在文壇上更擁有廣大的讀者群；陳永秀與羅珞珈，除了在兒童文學界皆得過獎外，翻譯、創作不斷，對藝術的研究與喜愛也是數十年如一日用功勤學；章瑛退休後專心研習水墨畫，還時常歐遊四處欣賞名畫；戴天禾有良好的國學素養，對藝術更是博聞廣見；另外兩位主修藝術的嚴喆民與莊惠瑾，除了對藝術學有專精外，對設計更有獨到心得。由這一群對藝術又懂又愛的人來執筆寫藝術大師的故事，不僅小朋友，我這個「老」朋友也讀之百遍從不厭倦。我真正感謝她們不惜時間、心血，投入為孩子寫作的行列，所以當她們對我「撒嬌」:「哇！比博士論文花的時間還多」時，我絕對相信，也更加由衷感謝，不僅為孩子，也為像我一樣喜歡藝術的大孩子們，可以欣賞到如此圖文並茂，又生動有趣的童書欣喜。當然，如果沒有三民書局的支持、用心仔細的編輯，這一套書是無法以如此完美的面貌出現的。

讓我們一起——老老小小共同享受閱讀之樂、文學藝術之美，也與孩子們一起留下美好的閱讀記憶。

簡宛

作者的話

如果你問：誰是現代雕塑之父呢？我相信每一個人的回答都是：當然是法國的羅丹囉。

是的，對於羅丹在現代雕塑中所占有的崇高地位，沒有任何人會懷疑。羅丹的偉大，不僅僅在他為世人留下來一尊又一尊高貴精美的塑像——經由他的雙手，羅丹創造出自米開蘭基羅後最偉大不朽的作品。羅丹的偉大，更由於他改變了整個立體藝術的面貌。

羅丹並不是一個神童型的藝術家。他並不十分聰明，在學校的成績也不很好。可是，他對藝術的熱愛，對夢想的追求卻很堅持。他非常用功，日夜不停的畫，反覆再三的作，稍有不滿意的地方，他一定會把模型打破再重塑，一直到他認為完美了才停止。由於他的勤奮和專注，遇到挫折時不屈不撓的精神，他才能夠成功。羅丹第一座受人肯定稱讚的雕塑是〈青銅時代〉，那時候他已經三十七歲了。

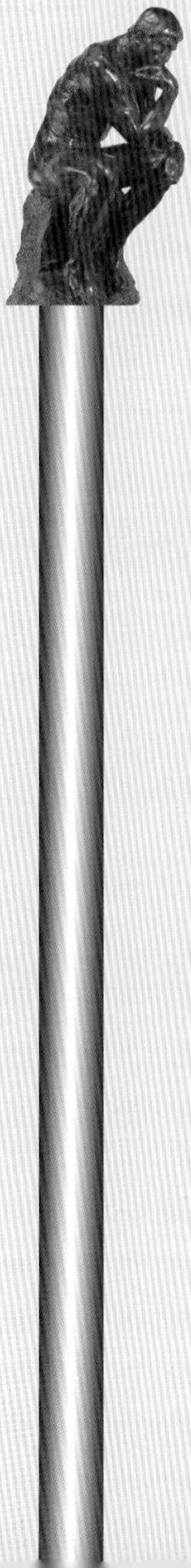

由於〈青銅時代〉這座人像太栩栩如生了，大家都說羅丹是在活人身上取模型塑成的。一直到大家到他工作室去參觀，得知羅丹對人體解剖學深厚的知識和瞭解，大家才明白羅丹根本不需要在活人身上取模型，也能把人體雕塑得生動而逼真。

羅丹最有名的作品，就是那座題名為〈沉思者〉的塑像；我想每一個學生、每一位對藝術稍有涉獵的人，都很熟悉那安穩坐著、以手撐著下頷、沉思默想的男人。他是什麼人？他在想什麼？羅丹從來沒有給我們任何答案。

我們幾乎在世界各地的博物館、大學校園、繁華的商業中心、大都市的街道路口，都能看到羅丹的雕塑。這說明了羅丹不但是現代雕塑之父，更是廣受世人愛戴的藝術家。他鬼斧神工的作品，將永垂不朽，永遠常存。

羅珞珈

羅珞珈

出生於四川省重慶市，但是爸爸媽媽卻用湖北省的珞珈山當作她的名字。為什麼呢？大概因為珞珈山在爸爸媽媽心中留下許多美麗甜蜜的回憶呢。

八歲時，隨同媽媽逃離中國大陸，在臺灣找到了爸爸。從此在花蓮和臺北過著快樂的日子。國立臺灣師範大學英語系畢業後，她結了婚，生了一雙既搗蛋、又會念書的兒女。1979 年，她帶著兒女到美國定居。

孩子念書時，她也重回聖荷西加州州立大學念書，得到圖書館資訊學碩士學位。現在史丹佛大學東亞圖書館做編目的工作。

除了寫兒童書之外，她也從事翻譯工作，作品包括：《約翰生傳》、《老人與海》、《悲劇性的開端》、《我──凱撒琳．赫本傳》等多種。

羅丹

Auguste Rodin

1840~1917

Rodin

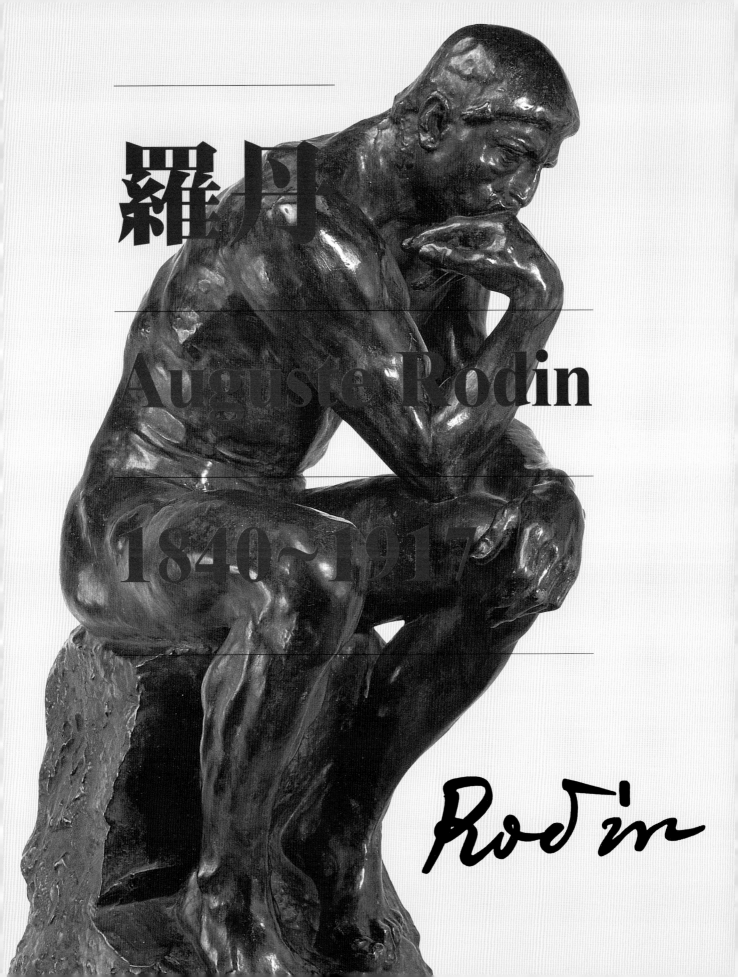

1. 雕塑的起源

在所有的藝術形式之中，雕塑是最特殊的；因為它立體，所以，它能夠運用的空間比平面的藝術多很多。譬如我們觀賞一座雕像，稍微不同的角度，些許不同的造型，都可能造成這座雕像完全不同的效果。因此，要做一個成功的雕塑家，他需要最嚴格的訓練、最豐富的專業知識，和最高超的藝術造詣。他們經歷的甘苦，往往是外人無法瞭解的。

雕塑的起源可以一直追溯到石器時代的初期。那時候的洞穴人，就知道怎麼樣在自己磨的石頭刀柄上，在牛骨做成的矛桿上，刻上各種圖形：小貓小狗，小花小草，非常好看。

冬天來了，洞穴人怕冷，躲在洞穴裡面不敢出來。他們閒著沒有事可做，就在山洞的牆壁上雕刻出各種故事，記錄發生在生活中的一些有趣的事情。後來，只是在洞壁上雕刻，已沒有多大樂趣了，他們就開始用泥巴

上帝之手　1896年

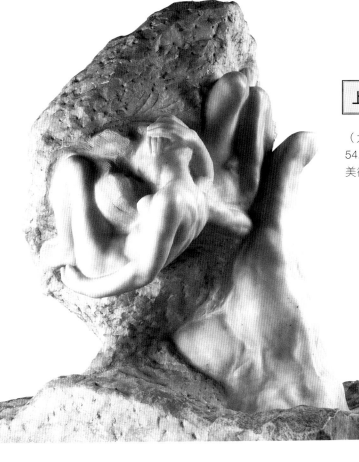

（大理石　94 × 82.5 × 54.9cm　法國巴黎羅丹美術館藏）

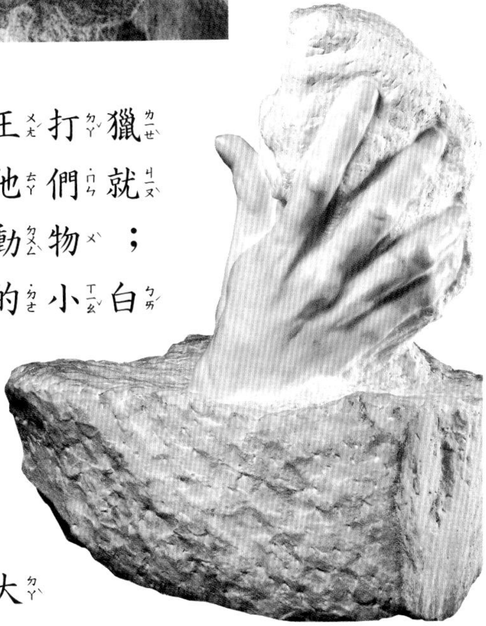

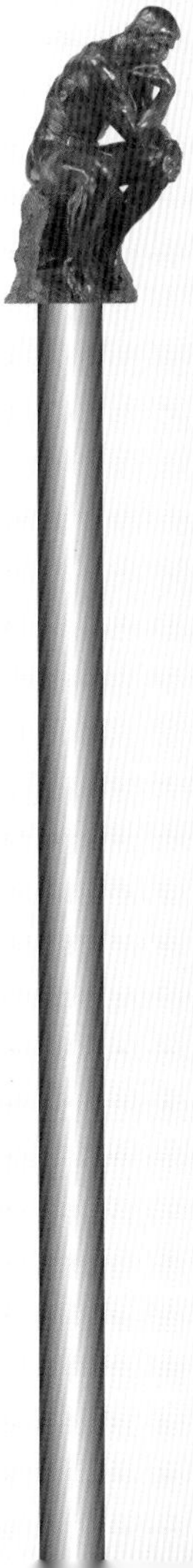

捏出各種物件：老王打獵時遇到一隻老虎，他們就捏出一隻像老虎的動物；小張看到兩隻可愛的小白兔，他們就用泥巴捏出一隻小兔子的模型。

現在，我們一想到雕塑，就想到大

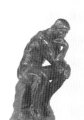

理石的塑像，青銅刻花的器物。事實並不全然如此；泥巴、石頭、木材、各種金屬以及其他各色各樣的材料，都可以用來當作雕塑的素材。

西洋的雕塑在中世紀以前，幾乎全是用來裝飾教堂的外壁，或者用來裝點房屋的梁柱、家具和墓碑的。一直到十五世紀文藝復興之後，雕塑才恢復到希臘羅馬時代的功能，單獨陳列在公眾來往的廣場或花園中，供一般人民欣賞觀看。

在西洋藝術史上，文藝復興運動的重要性是無可比擬的。文藝復興運動發生在十五世紀的義大利，然後波及整個歐洲，連續到十六世紀前後共一百多年。文藝復興運動的產生，全面推翻了西方自古以來的藝術觀念。

簡單的說，文藝復興喚醒了藝術中的人性，讓藝術家明瞭藝術作品的主要目的在表達人的感情，以及人的思想和人的悲歡，而不在刻畫事物外表的細緻和美麗。再者，所有的藝術作品，都應該具有藝術家本人的特色和風格。雕塑藝術亦不例外。換句話說，文藝復興時期的雕塑家，主要的使命就是要把自己內心的世界，以及人性中內在的力量，用作品去表達出來。這時期最偉大的雕塑家是米開蘭基羅。他的人物塑像栩栩如生，每一塊肌肉、每一條筋絡，都充滿了生命力。

米開蘭基羅以後的三百年中，西洋的雕塑依然依循著他的風格，以人物逼真，線條優美，造型華麗，外表光滑柔潤，細節完整真實為標準。

這種標準一直持續到十九世紀中期羅丹的出現。羅丹以革命性的創造力打破了雕塑藝術的陳規，使雕塑藝術和印象派的繪畫同步，攜手進入了現代藝術的領域。

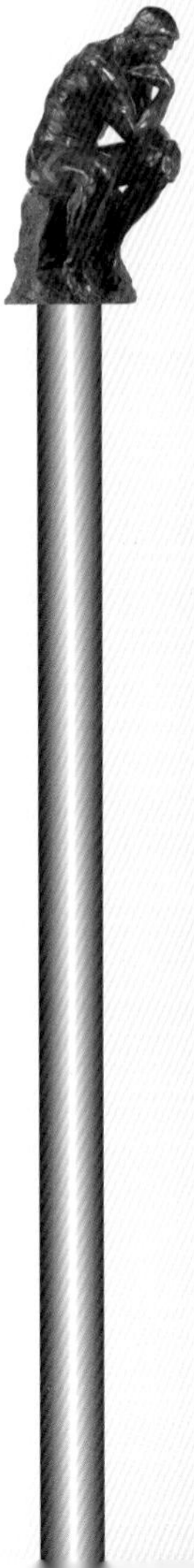

羅丹打破了雕塑的傳統，他用破碎不完整的造型，粗糙凹凸的表面，反映出塑像本身強烈的明暗和光影。他繼承了米開蘭基羅高妙深厚的人體解剖知識，但是，他經常只強調塑像中的主要部分，而完全忽略其他不重要的部分。他拋棄了唯美的企圖；羅丹的某些雕塑，不但不美麗，反而可以說是相當醜陋。羅丹要表現的不僅僅是外表的形象，而是藝術家內心的觀念和主張。他說過一句名言：世界上任何一個人、任何一樣東西都是美麗的！

這正代表了現代藝術的精神。因此，每當我們提起羅丹，我們都尊稱他為「現代雕塑之父」。

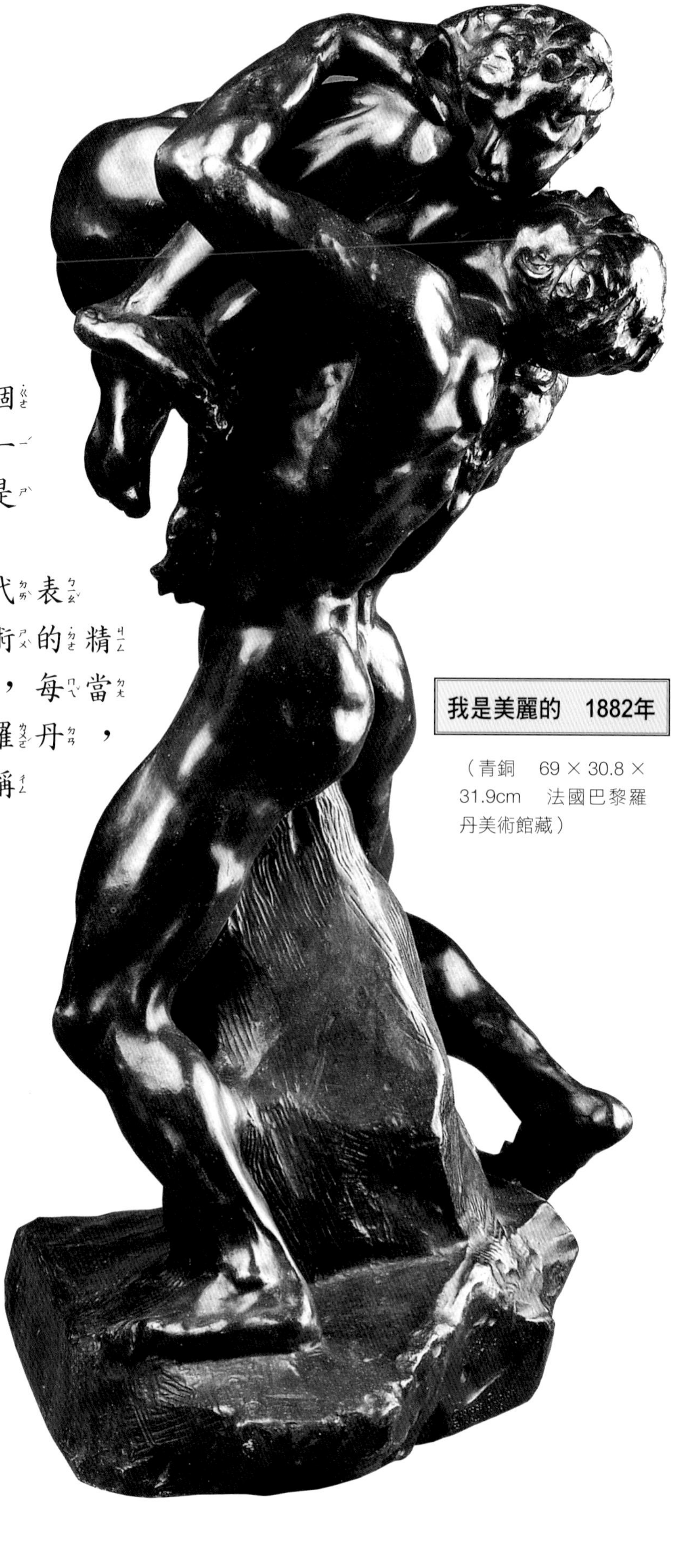

我是美麗的　1882年

（青銅　69 × 30.8 × 31.9cm　法國巴黎羅丹美術館藏）

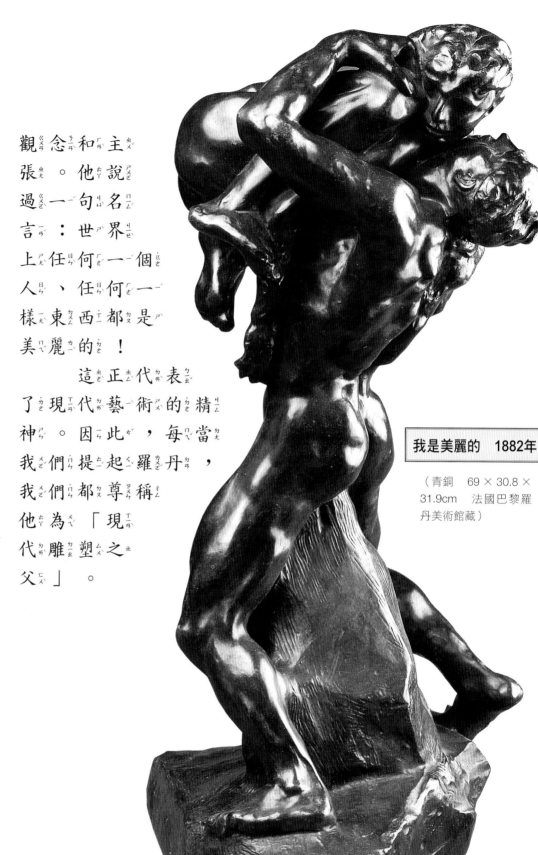

2. 那個巨人爲什麼沒有頭呢？

男人的軀幹　1878年

我們從羅丹的這座銅像中，可以瞭解到為什麼一百多年前，觀眾會在羅丹的塑像前，大聲叫著：「屠夫！屠夫！」吧。

一眼看過去，羅丹的這座男人軀幹的塑像，真是奇特極了，沒頭沒手，連腿都不全，而且身上凹凹凸凸，粗糙不平。可是，當你沉下心來，不要讓傳統雕塑平滑美麗、形象完整的觀念，妨害你欣賞這座雕像，你會突然發現，這塑像要表現的單純和力量，是那麼強、那麼深、那麼令人感動，這些都是現在雕塑所要追求的東西。

（青銅　高 53cm　法國巴黎小皇宮美術館藏）

一九〇〇年的巴黎，正是世界博覽會開得最熱鬧的時候，會場的一角正在進行著雕塑展覽，亂哄哄的人群像烏鴉一樣聒噪著。

我們看到一些觀眾緊皺著眉頭，一些觀眾臉上表現出厭惡又不耐煩的神態；還有一些人圍繞在一座沒手沒腿的塑像前面，大聲咒罵著：「屠夫！屠夫！」

在這亂糟糟的會場上，有一個年約十歲左右的小女孩，專心的凝視著一尊巨人的塑像：那座人物塑像沒有頭、沒有手，只有厚實的身軀，和兩條粗壯的、堅定的、叉開著像是在走路的腿。

她看了很久，眼睛中流露出惶恐不解的神情。在她身邊有一位年約六十多歲，高大碩壯，滿臉長著捲曲鬍鬚的男人。她輕聲的問他：「大師，大師，這個走路的巨人為什麼沒有手、沒有頭呢？」

被她稱為大師的那個人名字叫做奧古斯特・羅丹。當時，他已經名滿天下，被世人認為是繼米開蘭基羅之後，世界上最偉大的雕塑家了。

羅丹出生於一八四〇年十一月十二日。他的父親是巴黎的一名警察。雖然父親賺的錢僅夠一家人糊口，但是，羅丹九歲的時候，父親還是想盡了辦法，把他送進一所貴族學校去寄讀。

由於家庭貧困，同學都不怎麼瞧得起羅丹。羅丹又有深度近視，老師在黑板上寫的字，他看不見，也念不出來，因此遭受到老師的嫌棄。羅丹沒有朋友，身邊也沒有親人，身高體壯、一頭紅髮的他，只好經常靜靜的坐在角落裡發呆，讓自己沉浸在多姿多彩的夢想世界裡。

在他的夢想世界中，羅丹總有著光明燦爛的前程。有時候，他是個醫生，救治了許多病人；有時候，他是個大政治家，站在講臺上高談闊論；他最喜歡作的夢卻是做個大藝術家，作品陳列在世界各地，供人們欣賞，受人們讚揚。

羅丹從小就喜歡畫畫，而且，他畫什麼，就像什麼。他想：我一定會成為一個大藝術家的，一定會，一定會…… 這種想法，使羅丹在枯燥苦悶

的現實生活中，得到了相當多的樂趣和安慰，也使得他能夠勉強完成了五年度日如年的寄讀生涯。

（石墨、鉛筆、墨水、水彩、不透明水彩　31.2 × 19.5cm　法國巴黎羅丹美術館藏）

（石墨、鉛筆、墨水、水彩、不透明水彩　31.2 × 19.5cm　法國巴黎羅丹美術館藏）

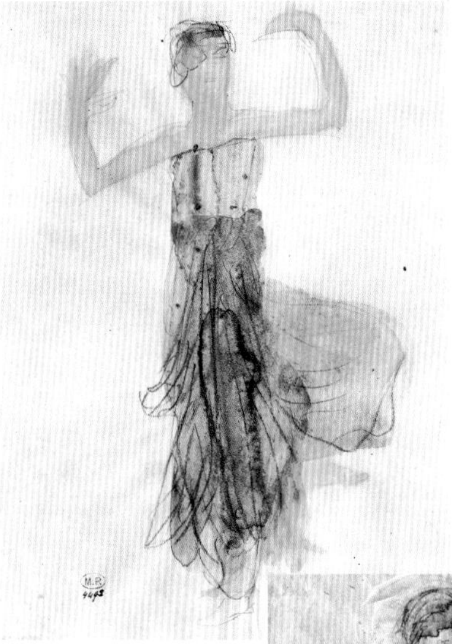

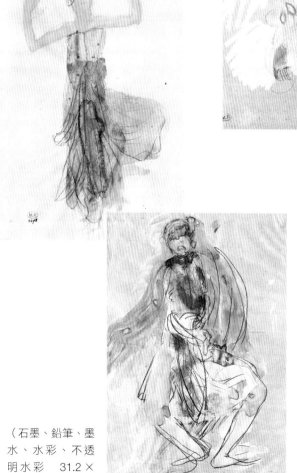

（石墨、鉛筆、墨水、水彩、不透明水彩　31.2 × 19.7cm　法國巴黎羅丹美術館藏）

來自柬埔寨的舞者　1906年

羅丹從小就非常喜歡繪畫，他最初以為自己會成為一個偉大的畫家，而不是成為一個偉大的雕塑家。只要有時間，他都會用來繪畫。後來他雖然專心從事雕塑，但是他從來沒有放棄對繪畫的熱愛。

當然，在羅丹塑製雕像之前，他總會畫許多素描作品，用來研究雕像的造型和姿態。

一九〇六年，羅丹早已成名了。那一年，柬埔寨的國王帶著一群舞者訪問法國。羅丹被邀請觀賞他們的舞蹈表演。羅丹對他們優美高雅的舞姿極為入迷，他一連看了好幾場，並邀請舞者們到家中，替他們畫了許多水彩和素描。

（石墨、鉛筆、墨水、水彩、不透明水彩　30 × 19.7cm　法國巴黎羅丹美術館藏）

3. 瑪麗亞姐姐

一八五四年，十四歲的羅丹回到了家中。他一心想做藝術家的念頭仍然十分強烈。羅丹對父親說：「我要去做藝術家了，我相信我會成為一個非常出色的藝術家！」父親十分生氣，他對羅丹吼叫著說：「做什麼藝術家！你難道不知道做藝術家會餓死的嗎？」

少年羅丹一點也沒把父親的話放在心上。白天，他拿著筆和紙，坐在馬路邊，描繪路上來來往往的人群。晚上，他還是拿著紙和筆，替家裡每一個人畫像。等到平面的圖形滿足不了他興趣的時候，他開始用黏土和石膏，塑造出各種各樣的人物造型。

每當父親下班回家，他都會看到羅丹亂扔在桌椅上的畫稿，還有堆放在地板上零亂破碎的斷手斷腳模型。父親心裡很生氣，忍不住又是搖頭、又是嘆氣。有時還會高聲叱罵羅丹。然而，由於羅丹母親對兒子的支持和維護，做父親的也無可奈何，只好讓羅丹在家裡隨時隨地發揮他的藝術天才了。

家裡最支持羅丹、最崇拜羅丹，深信羅丹將來會成為偉大藝術家的，卻是他的姐姐瑪麗亞。瑪麗亞把羅丹從小到大的畫稿都珍藏起來，每天都拿出來欣賞畫中活潑生動的線條和造型。每當羅丹遭到父親的叱罵，她都會苦苦向父親哀求，一直到父親息怒為止。她還一再鼓勵羅丹去投考藝術學院，成為專業的藝術家。她又再三向父親保證，弟弟的前程，一定是光明燦爛的。

羅丹接受了姐姐瑪麗亞的建議，高高興興的捧著自己得意的作品去藝術學院申請入學。誰知道評審先生們看到羅丹粗糙野性的人物造型，還有外表凹凸不平，一點「美感」都沒有的塑像，大為不滿。他們毫不考慮，立刻拒絕了羅丹入學的申請。

這時候，羅丹替父親塑了一座胸像。為了要表現老羅丹額頭和下巴鼓出來的稜角，他把父親最得意的一把大鬍子給省掉了。羅丹爸爸看到自己光溜溜的面頰，氣得不得了，幾乎把

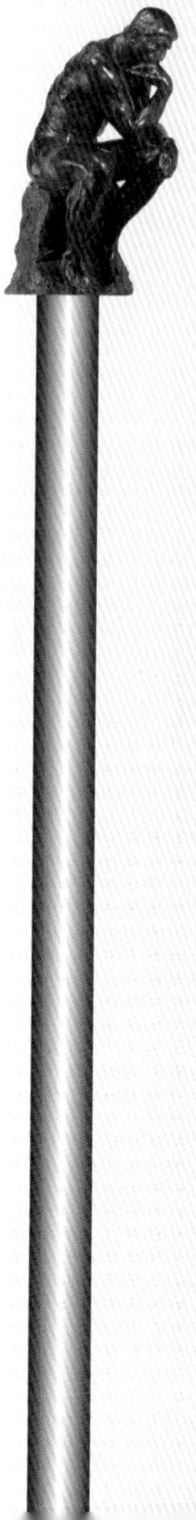

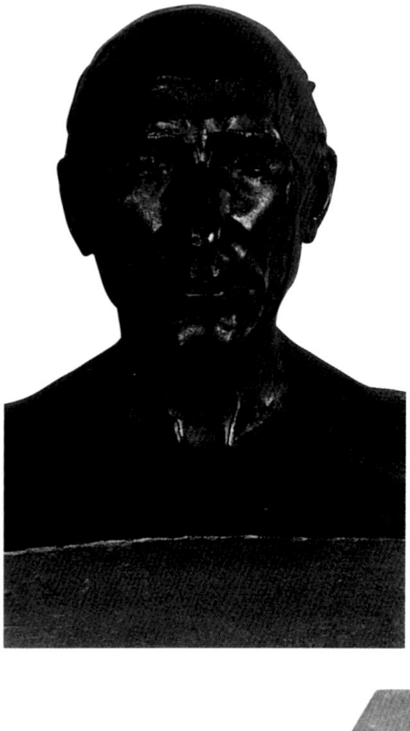

父親的胸像　1859年

（青銅　41.5 × 28 × 24cm　法國巴黎羅丹美術館藏）

羅丹趕出了家門。

但姐姐瑪麗亞卻對父親說：「您看這座塑像，雙眉下垂，挺直狹長的鼻梁，寬而薄的嘴唇，多麼英俊呀。而且，您的眼神是那麼銳利，微微發怒的神情是那麼莊嚴，這簡直就是一件不朽的傑作嘛！」羅丹爸爸聽了瑪麗亞姐姐的話，才慢慢轉怒為喜，不再責罵羅丹。

第一次申請入學即遭到挫折的羅丹，聽從了瑪麗亞姐姐的勸告，再去申請進入藝術學院。但是，他作品中透露出來的那種豪邁粗獷的精神，和當時雕塑所崇尚的柔美光滑，既沒有生命力，又沒有個性的作風，太格格不入了。他的作品被評審先生們無情的退了回來。

一八六二年，他親愛的瑪麗亞姐姐生病去世了。羅丹十分傷心，他失去了唯一疼愛他、鼓勵他，對他的藝術前途充滿了信心的姐姐。

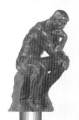

4. 去做你喜歡做的事吧！

姐姐瑪麗亞去世之後，傷心萬分的羅丹決定出家去當修士。他進入一所修道院修行。白天，羅丹專心念經學道，遵守著修道院嚴格的清規。但是，到了夜晚，經也念完了，道也修得差不多了，無事可幹的羅丹，只覺得兩隻手不知道要往哪兒放才好。他心裡是多麼懷念那一塊一塊的黏土，那一堆一堆的石膏啊。

羅丹終於瞭解到，無論他人在哪裡，無論他在做什麼事，他的心是永遠離不開雕塑的。雕塑是他的生命，雕塑是他的事業，成為一個成功的雕塑家是他不可避免的命運。

「離開修道院吧，羅丹！」修道院的長老對坐立不安、心神不定的羅丹說：「回去做你喜歡做的事吧！」

於是，羅丹決心離開修道院，回到家中。父親對他真是失望極了：「你這個沒出息的孩子，要到什麼時候才能定下心來，找份好職業，賺錢養家呢？」

為了生活，羅丹找到一份工作，專門替人雕製房屋門牆上的花飾。他從不抄襲別人的圖樣，總是自己去臨摹寫生各種花鳥蟲魚，然後再雕刻出來。因此，他製作出來的花樣，又別緻、又生動，極得顧客的歡心。到了晚上，他就躲在自己那間陰暗潮溼、透著陣陣寒風的畫室，專心創作自己心中構思的作品。

有一天，羅丹正忙著雕刻一扇門飾。他的老闆突然拍拍他的肩膀，對他說：「你瞧那老頭子的頭和臉，長得多麼奇怪呀！」

那個老頭子的名字叫比比，是常來羅丹店裡送貨的工人。羅丹開始研究比比那顆大於常人的頭顱：他的臉龐由於長期飲酒的緣故，變得血紅，顴骨凹下去，鼻子歪向一邊，他的長相說有多醜，就有多醜；可是，比比的神情卻非常莊嚴高貴，有一股令人尊敬、無人敢去冒犯的氣質。羅丹越看比比越覺得趣味無窮，他決定要以比比做模特兒，塑一尊頭像。

那年的冬天特別寒冷。羅丹在冰

塌鼻人　1863–1864年

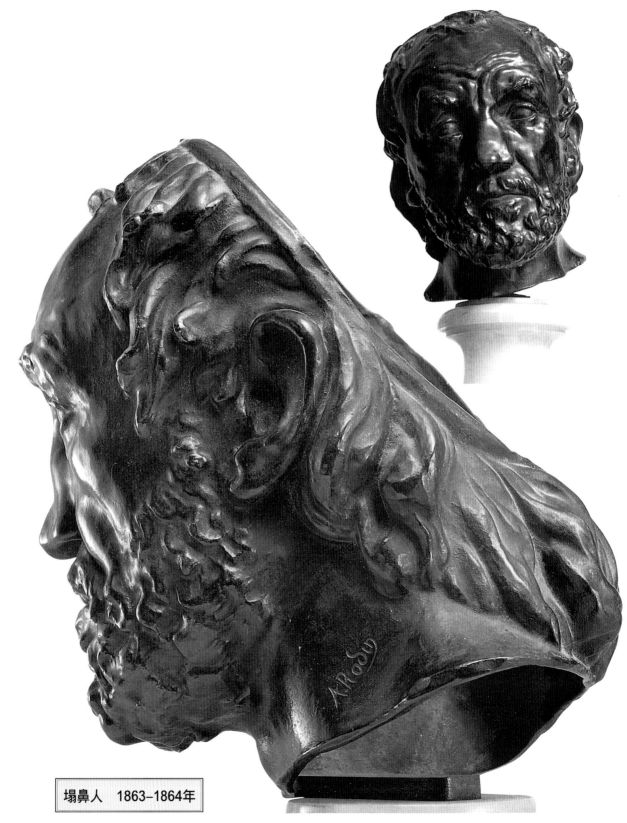

（青銅　26 × 17.5 × 23cm
法國巴黎羅丹美術館藏）

窖一樣的畫室工作，雙手都凍僵了。比比的頭像放在冰凍的畫室裡，後腦勺的黏土凍裂了，破了一大塊，掉了下來。但是這尊頭像最精彩的臉部，卻沒有受到絲毫損傷。羅丹覺得破損的後腦，更能襯托出頭像臉部高貴完美的氣派。他感動極了，認為這是他生平第一件傑作。羅丹興高采烈，把頭像翻塑成石膏成品，題名為〈塌鼻人〉，送到沙龍參加雕塑展覽。

我們可以想見，當那些德高望重又保守尊貴的評審先生，看到羅丹這座歪鼻斜眼，後腦勺缺了一大塊的怪物時，一定嚇得連話都講不出來了。他們一致同意，羅丹這件作品的外形不但可怕，而且塑造的人物更是醜陋低俗，不適合在任何藝術沙龍展出。

多年以後，羅丹已經成名了。他在比比塑像的額頭上，加塑了一根頭帶，題名為〈B先生〉，再送去同一沙龍參展。這一次，評審先生們不但立刻欣然接受了這件作品，而且同聲讚揚，說這尊塑像中的人物，表情高雅，氣質華貴，簡直就像是出入於羅馬宮廷中的貴族。

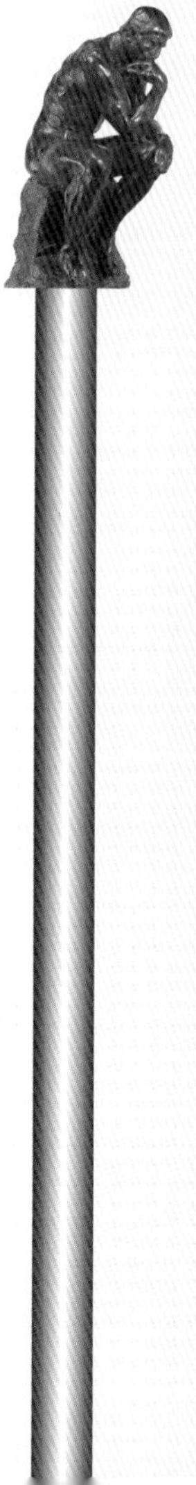

繼比比的頭像之後，羅丹又塑了一尊和真人一般大小的立像，題名為〈青銅時代〉，送去沙龍參展。評審先生雖然不得不佩服羅丹高超的雕塑技術，但是他們懷疑羅丹是用真人做模子，翻製成這座銅像，否則不會那麼逼真酷似。他們攻擊羅丹不道德，不該在活人身上取模型。當時還是又窮又沒有名氣的羅丹，根本沒有機會為自己的清白辯護。一直到很多年之後，一些雕塑家朋友來到羅丹畫室參觀，看到他現場表演雕塑的情形，才一致公認羅丹從來沒有用過真人來做他雕像的模子。他們聯名寫信給沙龍的主持人，保證羅丹的清白。沙龍主人才決定展出羅丹的〈青銅時代〉，並且還頒給他第三名的大獎。

羅丹終於被世人認可為現代最重要的雕塑家了。這時候，他已經步入四十二歲的中年。

青銅時代　1877年

（青銅　180 × 80 × 60cm　法國巴黎羅丹美術館藏）

5. 地獄門

地獄門　1880–1917年

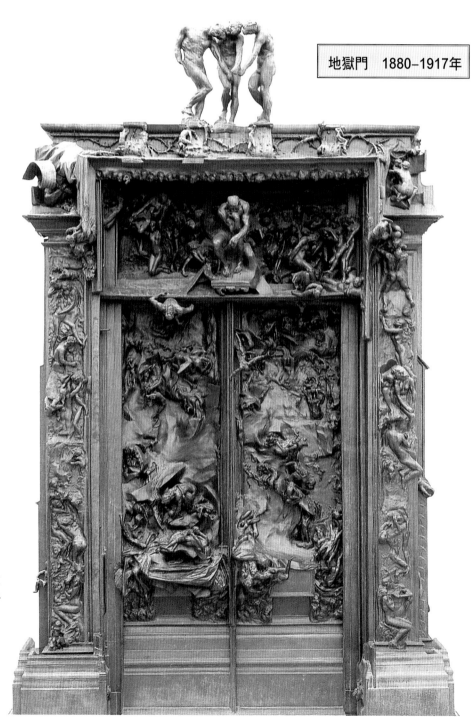

（青銅　635 × 400 × 85cm　法國巴黎羅丹美術館藏）

成名以前的羅丹，除了替人雕飾房屋門窗之外，還做過很多零碎的雜事來維持生活。他的收入很不穩定，有時候窮得連買麵包的錢也沒有。可是，無論他多麼窮困，白天是多麼勞累，到了夜晚，他一定要畫幾幅人物素描，專心研究人們的神態和姿勢，認真的記錄下來，當作他雕塑作品的參考。

四十歲時，羅丹時來運轉，有一位朋友介紹他替政府主持的藝術館，設計一扇大門和門上的雕花裝飾。這是羅丹一生中接到的頭一筆大生意，也是他一輩子夢想要做的工作。羅丹一直想用但丁《神曲》中的人物故事為主題，塑造一組大型的雕塑。能夠把《神曲》中的故事人物集中塑在同一扇大門上，聽起來是個非常富有創造性的好主意。因此，羅丹很高興的接受了這件工作。他告訴政府官員，完成這樣的一件巨著，他需要至少四年的時間。而且，他還需要一間寬敞的工作室。政府官員說：我們得考慮考慮，才能回答你提出的要求。

他們一考慮，就考慮了近兩年之

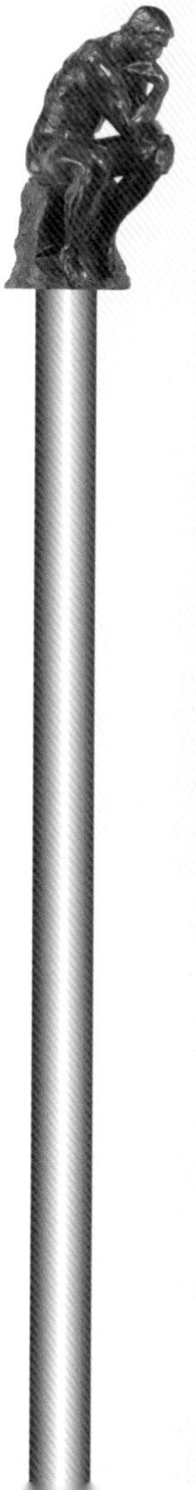

久。在這兩年間，羅丹成名了。他為許多重要的有名人物塑了很多人像，也完成了許多他自認為成功的藝術作品。

一八八三年，羅丹爸爸去世了。老爸爸去世之前，已完全忘記當初他激烈反對羅丹去當藝術家這回事了。他感到又得意、又驕傲，因為他的兒子既有名氣，又會賺錢，還給爸爸帶來極大的快樂。姐姐瑪麗亞是多麼正確啊！她是第一個發現羅丹藝術天才的人，也是第一個對羅丹的成功抱著信心的人。她雖然沒有親眼看到羅丹的成名，然而，在她心中，她早就知道這一天遲早總會來臨。

同年，羅丹搬進了政府替他準備的大型工作室，開始塑造他心目中最偉大的作品：〈地獄門〉。

羅丹很快就忘記了他答應以四年時間完成這件雕塑的承諾。在他的藝術生涯中，歷時最長、費神最多、成就最大、最有名氣的，就是這扇〈地獄門〉。事實上，這扇門的雕塑，一直到羅丹去世時，還沒有完成。

羅丹最初的構想是要將但丁《神

曲》中，那些受苦受難的人物，按照故事的情節，塑造成一組一組的小型雕像，分別安置在這扇大門上面。由於《神曲》中故事複雜、人物眾多，要設計出各種各樣姿態、表情全然不同，而又要合乎故事情節的塑像，不是一件簡單的工作。因此，羅丹就將心目中構思好的人物造型，一一塑成單獨的模子，準備全部模子完成後，再一起安置到〈地獄門〉上。

他一面塑造，一面修改。塑好又改，改了又塑，就這樣修修改改，一直塑改了二十三年，直到去世，那座〈地獄門〉仍然沒有完工。

而羅丹的工作室中，卻堆滿了大大小小、各式各樣的石膏模型，或坐或站、或哭或笑，就像是一群一群等待著來到人世間的幽靈。不，他們不是幽靈，他們是經由天才的手完成的藝術結晶，耐心的等候著被大師安放在那扇題名為〈地獄門〉的傑作上。

這個願望一直到大師去世後，才被他的弟子完成。

在這麼長的時間內，羅丹曾經將他為〈地獄門〉設計的一些人物，單

獨放大，塑造成自成一體的雕塑，公開展出，獲得世人一致的讚賞。

其中最有名的一尊雕像，題名為〈沉思者〉。只要對西洋藝術稍有接觸的人，莫不對這座雕像有極深的印象——一個垂頭沉思的男人，穩穩的坐著，右手撐著下頷。他有著寬厚的肩膀，結實的胸膛，粗而有力的雙腿。他是什麼人？他在沉思什麼？幾乎每一個觀賞這尊雕塑的人，都忍不住想提出這些問題。

從他健壯的身軀來看，

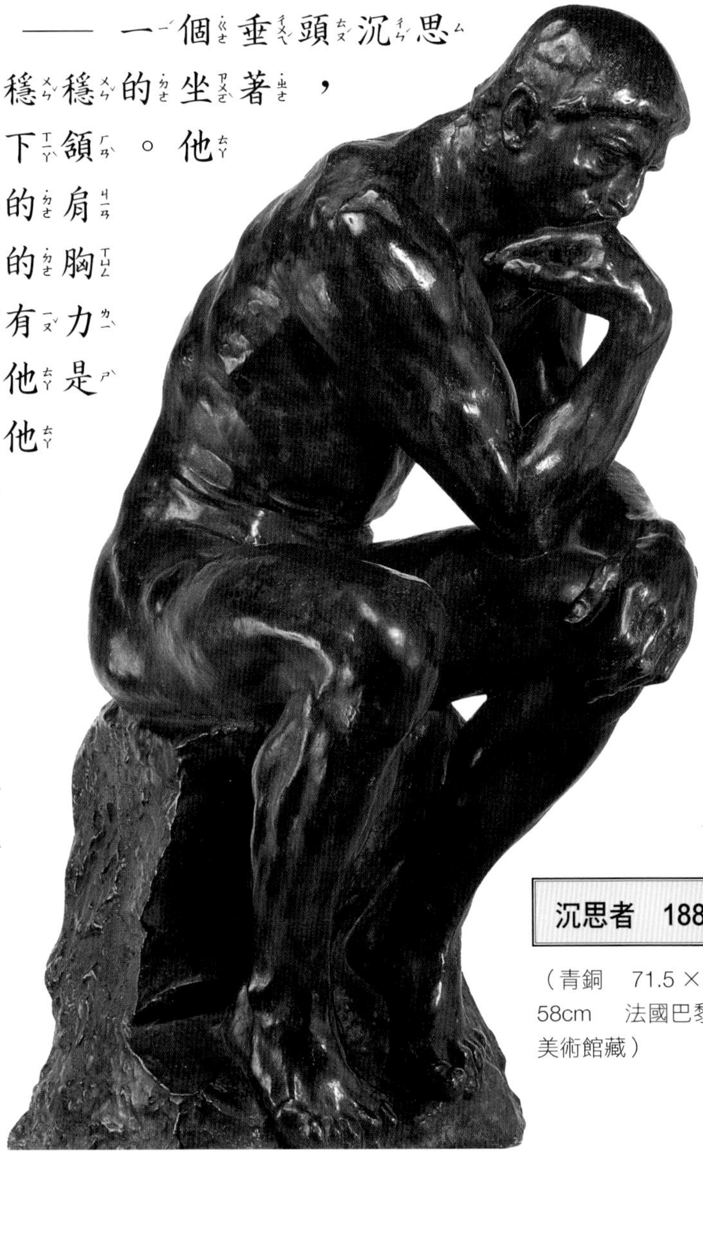

沉思者　1881年

（青銅　71.5 × 40 × 58cm　法國巴黎羅丹美術館藏）

思想　1886年

這座大理石的塑像題名為〈思想〉，是羅丹名作〈沉思者〉的姐妹作。塑像安詳而略帶著憂傷的面容，美麗溫柔極了。

她表現出來的平滑光潔、女性的柔情，和〈沉思者〉表現出來的粗糙、男性化的力量，成為有趣的對比。

（大理石　74.2 × 43.5 × 46.1cm　法國巴黎羅丹美術館藏）

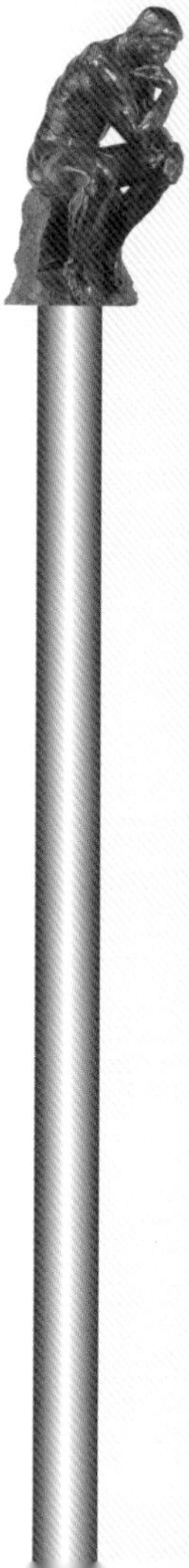

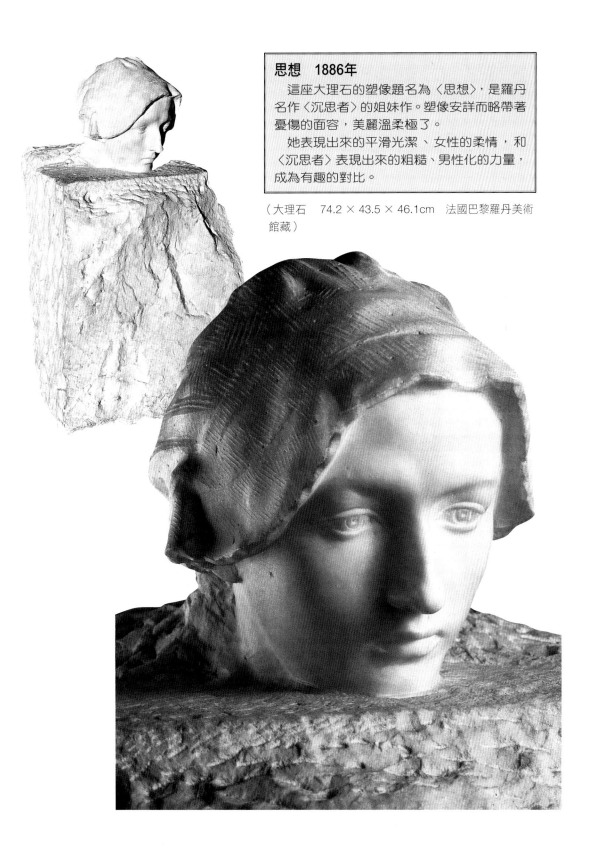

他並不像是個整天關在屋子裡讀書冥想的哲學家，正在沉思人類如何生、如何死的大問題。也許他只是一個靠勞力賺錢的普通工人，思索著如何去找一份好工作，來養活病弱的妻子和嗷嗷待哺的幼兒。我們永遠不會知道真正的答案，羅丹也從來沒有給我們任何答案。

現在，無論我們走到哪個國家、哪個城市，我們都可以看到這個〈沉思者〉，他安靜的坐在圖書館前、博物館中；有時候，他甚至還坐在銀行和公司的大門口。他已經成為知識、教育、藝術和思想的表徵。

羅丹對他的〈沉思者〉曾經說過這樣的話:「這個沉思的人，並不僅僅用他的頭腦在沉思，他臉上的每一個表情，他手臂上的每一塊肌肉，他的背，他的腿，他緊緊握著的拳頭，他牢牢彎曲的腳趾，全在那裡沉思。」

除了〈沉思者〉，〈地獄門〉中被單獨塑造成雕像的還有〈亞當〉與〈夏娃〉，另外還有一對情侶，溫柔的互相擁抱著，題名為〈吻〉；還有一組雕塑人物，題名為〈三陰影〉：

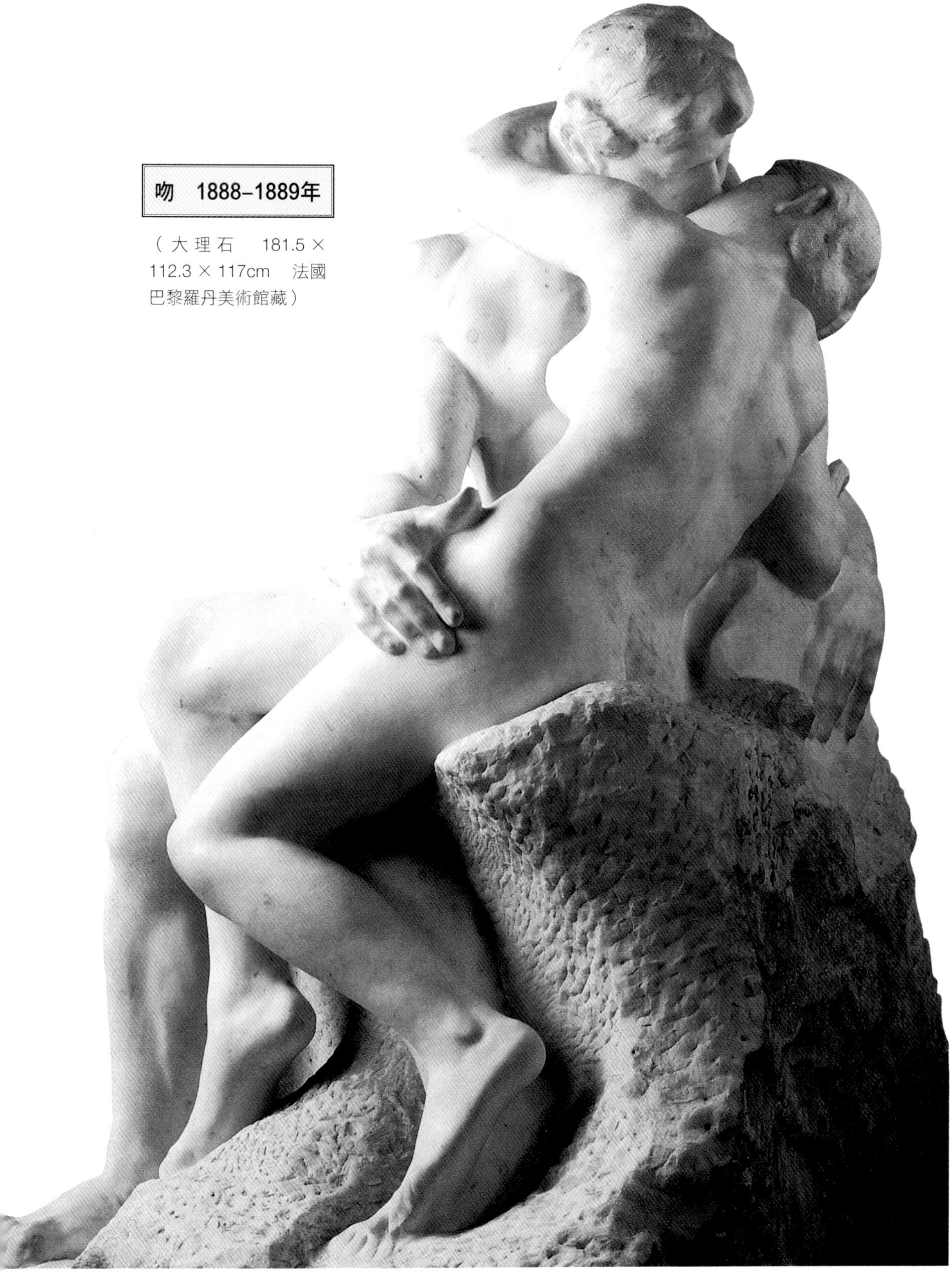

吻　1888-1889年

（大理石　181.5×112.3×117cm　法國巴黎羅丹美術館藏）

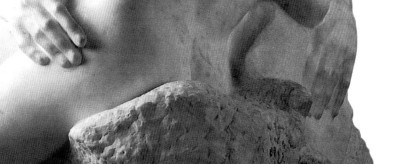

那是三個同樣大小的男人，低著頭，右腿微微的彎曲著，左手指著地。其實，這三個人並不是三個不同的人，而是同一個人的三面。羅丹從三個不同的方向和角度，塑造了這個男人，然後放在一起，構成了一組塑像。許多人都說，羅丹這個構想，是受了立體畫派的影響；但另外一些人卻說，立體畫派的形成，是受了羅丹這個構想的啟發。無論如何，羅丹希望從立體的、多角度的視角，去表現單一物體的多樣性，卻是不爭的事實。這個想法，和立體畫派的理論是一致的。

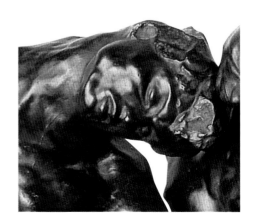

三陰影　1881年

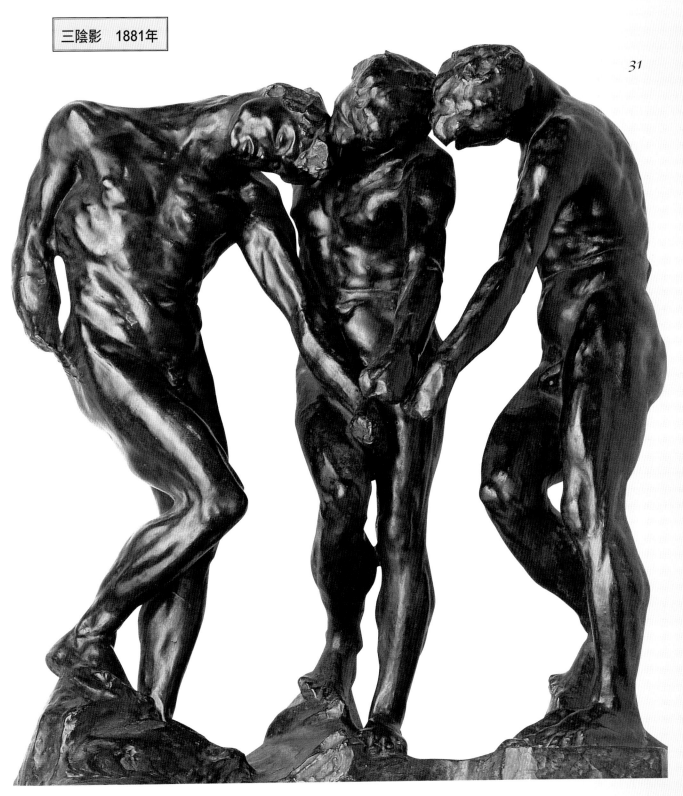

（青銅　96.6 × 92 × 54.1cm　法國巴黎羅丹美術館藏）

6. 六市民

六市民　1889年

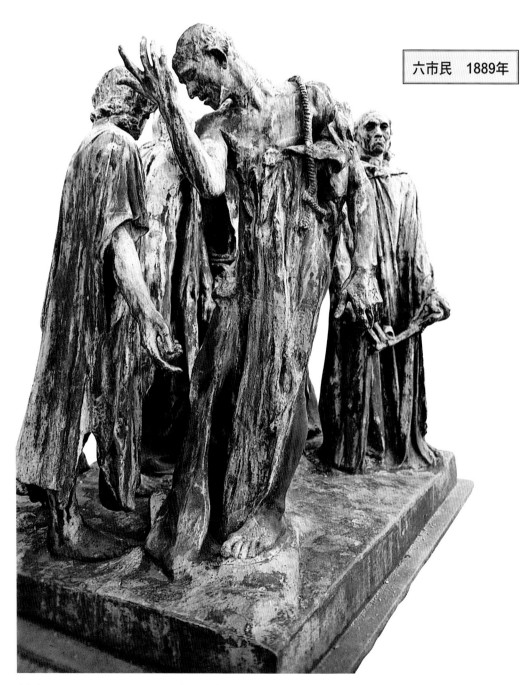

（青銅　217 × 255 × 177cm　法國巴黎羅丹美術館藏）

羅丹另外一組著名的塑像叫〈六市民〉。

原來在英法百年戰爭時期，法國的卡城被英國占領了。英國的國王宣布：只要有六位卡城的市民，勇敢的站出來，自願被英軍處死，他就願意赦免全卡城老百姓的生命和財產。

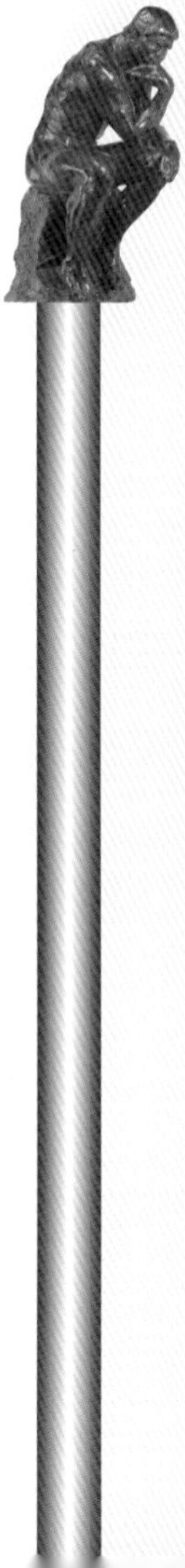

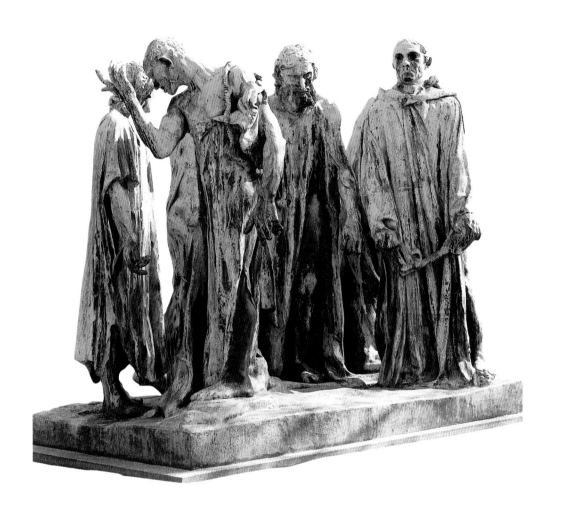

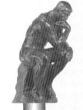

英王宣布這個消息後不久，就有六位卡城的市民站了出來：他們赤著雙足，穿著襤褸的衣裳，脖子上自動綁著粗粗的麻繩，臉上的表情嚴肅憂傷，但是卻從容不迫，他們的眼中流露出勇敢堅定的光彩。

英王的妻子看到六市民從容就義的氣概，感動極了。她走到英王的面前，向自己的丈夫跪了下來，苦苦的哀求他，請他一定要赦免這六位勇敢的市民，以及全卡城老百姓的性命。

為了紀念歷史上這六位勇敢市民的行為，卡城市政府決定興建一座紀念碑，安置在市政廳前面的廣場上，供來往的人們瞻仰。

羅丹從小就熟知卡城六市民的英勇故事，他非常敬仰他們無私無畏的精神。所以，當他聽到卡城市政府在籌劃興建紀念碑的消息時，他腦海中就已經浮現出這座紀念碑的形象。羅丹看到六位任務沉重、心情憂傷，但是勇敢無畏的男人，站在英軍面前；沒有畏懼、沒有退縮……那座紀念碑就應該是他們六位人物的集體塑像！

一八八四年十一月，羅丹帶著一

座粗糙簡單的六市民塑像模型，從巴黎專程來到卡城，求見修建紀念碑的官員。那時候的羅丹，已經名滿天下了。卡城的官員想，能夠讓羅丹大師親自來要求設計這座紀念碑，真是太榮幸了。他們馬上一口答應讓羅丹來設計修建這座紀念碑。

羅丹告訴他們，這座紀念碑只有一種做法，那就是把這六位市民的人像，全塑出來，放在一起，成為一組巨型的雕塑。

市府的官員立刻皺緊了眉頭，他們對羅丹說：「對不起，我們的經費只夠塑一尊塑像，我們沒有錢按照大師的構想，塑造一組大型的巨著。」

羅丹說：「要塑就得要塑六個人的像，一個不能多，一個也不能少。不但如此，這六個人物的造型，還要個個不同。他們都是有名有姓的真實人物，馬虎不得。他們的性格不同，背景各異，他們每一個人的心情，一定也很不一樣。要塑造他們的形象，就要塑出六個完全不一樣的人物。如果政府沒有錢，沒有關係，你們只付一尊塑像的錢好了，其他五尊塑像，我免費奉送。」

買一送五的好主意，令卡城的官員們大喜過望，他們立刻高高興興的和羅丹簽訂了合約。羅丹也高高興興的帶著他粗糙簡單的模型，由卡城回到了巴黎。

幾個月之後，羅丹把精心製作的六座人物石膏模型送到卡城，展示給政府的官員評賞。當地的官員老爺一看到羅丹為這六市民所作的造像，大大吃了一驚，差一點就昏了過去。

原來他們以為羅丹為這六位勇敢的市民塑像，一定把他們塑得勇武雄壯，一付天不怕、地不怕的樣子。誰知道展示在他們面前的這六位市民，衣衫襤褸，垂頭喪氣，完全是窩窩囊囊的普通老百姓，和他們心目中勇敢的英雄形象，實在相差太遠了。

羅丹解釋說：「你們想想看，他們的城市被英軍圍困了那麼久，軍隊打了敗仗，人民沒有糧食。而這六位市民，並不是英勇的戰士，他們只是普通身分的老百姓，他們的職業甚至可以說很低賤。他們抱著必死的決心，去拯救全卡城人民的性命。他們有家人，他們有朋友，他們也有各種各樣放心不下的事情。現在，他們要去赴死了，難道他們心中不感到惶恐害怕嗎？難道他們心中不悲傷、憂慮嗎？我認為他們當初是什麼樣子，就應該被塑造成什麼樣子。不能虛偽、不能誇張，這樣才是對他們的尊敬。」

卡城的官員無言以對。他們只好把答應付給羅丹的酬勞，付清給他。可是，他們仍無法同意羅丹的看法。他們對羅丹說：政府實在太窮了，沒有錢把石膏模型翻造成銅像。由於石膏模子耐不住風吹雨打，不能放在室外，而卡城市政府也沒有那麼寬大的倉庫，可以用來堆放六尊巨型的石膏人像。他們希望羅丹把那六位看起來倒霉透頂、乞丐模樣的石膏人像帶回巴黎，暫時寄放在羅丹的畫室，等市政府有錢了，再取回來鑄成銅像。

羅丹沒辦法，只好把六市民的石膏模型運回巴黎，放在畫室中。這一放，就放了十一年。卡城官方的人，再也沒有和羅丹聯絡。十一年之後，卡城的老百姓實在看不過去了，只好自己站出來，發行彩券，籌足了錢，

請羅丹把石膏模子翻造成銅像，安置在卡城一座公園裡面，供人觀賞。

一九二四年，距離當初決定興建這組銅像已經三十年了，羅丹也已經去世了七年。卡城市政府終於決定把〈六市民〉的塑像，搬到市政廳前面的廣場上，永久陳列。

巴爾札克
1898年

法國著名的文學家巴爾札克是極受國人尊敬愛戴的大文豪。羅丹這座塑像公開展出後，引起許多人的爭議，也讓許多人怒氣沖天。為了強調巴爾札克碩大的頭顱，羅丹把他整個身體用披風裹了起來。巴爾札克的崇拜者看到這座塑像，感到羅丹故意把巴爾札克塑造成一個醜陋的、沒有身體，只有一個大頭的怪物。可是，羅丹卻認為這是他生平最得意的傑作之一哩。

（青銅　270 × 120 × 128cm　法國巴黎羅丹美術館藏）

7. 露絲姑娘

有人說，在每一個偉大的男人後面，都有一個偉大的女人。

除了姐姐瑪麗亞之外，還有一個終身支持羅丹、愛護羅丹、敬佩羅丹的女人。她的名字叫露絲。

羅丹年輕的時候，認識了一個替人縫衣為生的鄉下姑娘露絲。露絲沒有上過學校，不認識字。但是她的模樣長得非常清秀，性格又十分溫柔和順。

羅丹很喜歡露絲，常常邀請她到畫室來玩，並且充當他的模特兒。

露絲她對這位又高又壯，滿頭紅色鬈髮，看起來才氣縱橫，說起話來沒完沒了的藝術家羅丹，更是佩服得五體投地。

羅丹要露絲充當模特兒的時候，她一坐下來就是好幾個小時。羅丹集中精神做他的雕塑，除了要露絲改正姿勢外，從來不和她多說一句話。羅丹總是把眉頭皺得緊緊的，沒有一絲

蝶　1889年

（大理石　36 × 71 × 53cm　法國巴黎羅丹美術館藏）

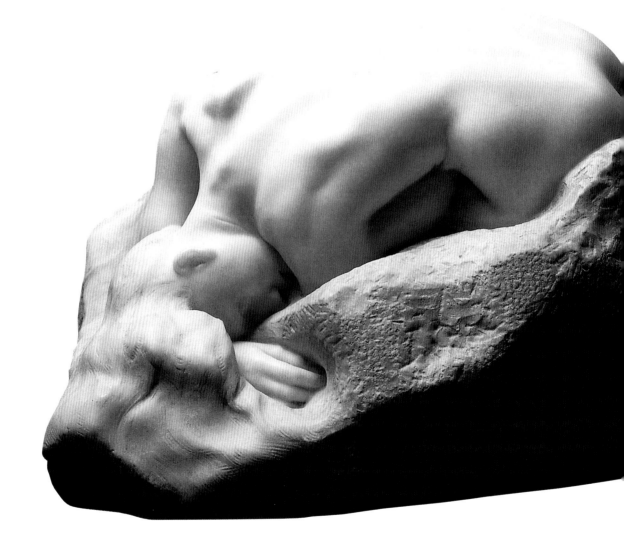

笑容。要不就把近視的眼睛緊緊貼在露絲臉上，觀察她的表情，要不就用手指，慢慢撫摸她的面頰，研究她骨骼的構造。露絲總是很有耐心的坐在那兒，不能動，也不能說話。有時，

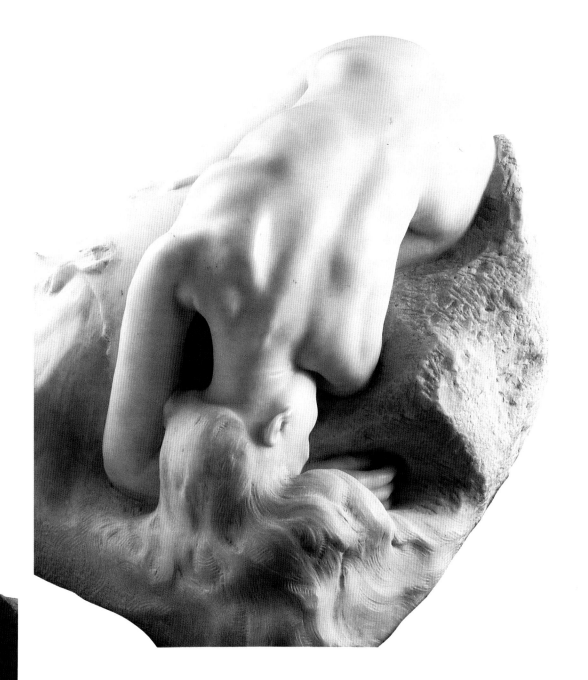

羅丹讓她坐太久了，她又累又餓，忍不住哭了起來，羅丹才讓她休息一會兒。雖然如此，露絲卻從來都沒有抱怨。因為她瞭解羅丹的工作是他生命中最重要的事。她愛羅丹，願意幫助他。她願意把羅丹認為最重要的事，當作自己最重要的事來看待。

羅丹經常沒有錢，也不記得買吃的東西，露絲就從自己替人縫衣服的微薄收入中，抽出一些錢來，購買食物，煮好了替羅丹送去。

有時候，羅丹會很快塑好一座人像，他高興起來，抱著露絲，又叫又跳；有時候，羅丹怎樣也塑不出來他要的效果，這時候，羅丹的脾氣可大了，對著露絲又吼又叫，還把塑好的人像捏得粉碎。這時候，露絲從不會和他計較。

羅丹常常帶露絲去拜訪自己的父母。羅丹爸爸和羅丹媽媽都很喜歡露絲溫順的性格，他們更是欣賞她樸實的鄉下姑娘作風。可是，羅丹卻從來沒帶露絲去參加任何藝術家的聚會。羅丹請朋友到家裡來聊天的時候，露絲會為他們準備好吃的和喝的東西，然後，靜悄悄的退到另外一個房間去做她的縫紉工作。

露絲知道，羅丹因為她沒有念過書，不認識字，無法參加他和朋友們的談話，因此她也寧願不出去應酬，一個人待在家裡為羅丹料理家務事。但是，有一天，露絲為了羅丹從來不帶她外出見人，感到無比的傷心，她大大的發了一頓脾氣。露絲披散著頭髮，睜大了通紅的眼睛，張大了嘴巴怒罵羅丹。羅丹從來沒有看過露絲發怒的樣子，覺得好玩極了。他立刻用黏土捏出露絲發怒的模樣，說露絲的臉像是被暴風雨掃過的大地。這座塑像，羅丹題名為〈親愛的人兒〉。

羅丹成名後，他不再需要露絲做他的模特兒。但是，當羅丹辛苦了一天，從畫室回到家中，露絲早把晚餐準備好了。每到星期天，如果天氣晴朗和暖，羅丹就帶露絲到鄉下的小餐館吃午飯。吃完飯，兩個人就躺在草地上。羅丹用雙手枕著頭，凝望著天上的藍天白雲，絮絮談論著自己的工作和夢想。這時候，露絲會安靜的坐在他身邊，手中做著針線，微笑著聆

聽羅丹自說自話。

一九一六年，羅丹中風了，露絲專心的侍候他的病。痊癒後的羅丹行動十分不便，脾氣變得更壞。但露絲仍然耐心照料羅丹，沒有絲毫怨言。過不了多久，露絲自己也病了，整個人瘦了很多，又不斷咳嗽，身體變得非常衰弱，可是她對羅丹的照顧，卻一點也沒有鬆懈。

一九一七年年初，一個大雪紛飛的早晨，羅丹終於正式娶了露絲做他的妻子。羅丹戴著一頂黑色的便帽，穿著筆挺的黑色外套，看起來雖然蒼老而衰弱，但是精神卻莊嚴隆重。露絲穿著一件全新的皮大衣和鑲著美麗花邊的洋裝。她的病已相當嚴重了，但是她開心的笑著。露絲憔悴的臉孔也被她內心的快樂照亮了。

兩個星期之後，露絲就去世了。

露絲死後，羅丹仍然目不轉睛的望著露絲的臉——那張被他塑造成無數雕像的臉，那張終其一生，都敬愛著他，忠心侍候他，為他任勞任怨的臉。「她永遠像一座雕像那般美麗！」羅丹忍不住喃喃自語。

這年冬天，天氣特別冷。有一天晚上，羅丹受了風寒。醫生想盡了辦法，也無法治癒他的感冒。十一月十七日，羅丹去世了，埋葬在他妻子露絲的身邊。

羅丹墳上，低著頭，守護著這位最偉大的現代雕塑大師的，正是那座有名的塑像〈沉思者〉。

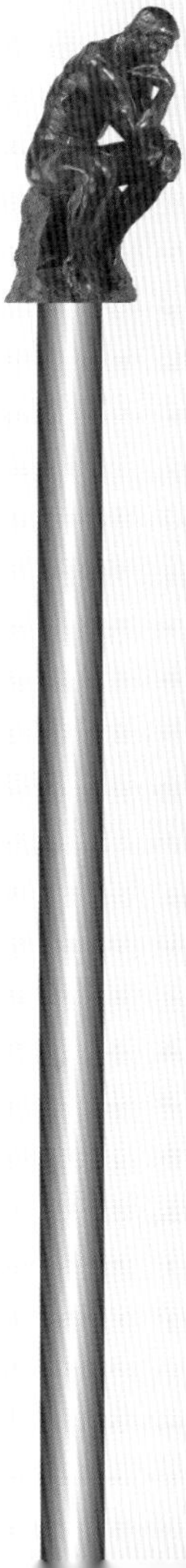

8. 走路的人

走路的人　1900–1907年

（青銅　213.5 × 71.7 × 156.5cm
法國巴黎羅丹美術館藏）

「大師，大師，這個走路的巨人為什麼沒有手、沒有頭呢？」

一九〇〇年，巴黎博覽會的會場上，那個年約十歲的小女孩問羅丹。

那尊沒有頭的塑像有七英尺高，如果再加上頭，至少有八英尺。他的身軀和叉開的雙腿，呈現出一個完整但倒反過來的Ｙ字。後來許多畫評家都認為，如果要選出一件作品，來代表羅丹的整個藝術生涯，這座〈走路的人〉，無疑是最恰當、最具有資格的選擇。

當小女孩問羅丹，為什麼這個走路的人沒有手、沒有頭的時候，羅丹微笑了：

「他沒有手、沒有頭，因為他正在專心走路啊！」

是的，如果他有頭，我們會很自然的把注意力集中在他的頭部，因而減少了對他「走路」這動作的專注。

而且由於他沒有頭，我們反而會感到好奇，他的頭長得是什麼樣子？他的手會在什麼位置？他在什麼情況下失去了他的頭和手呢？為什麼當初羅丹決定把他的手和頭去掉呢？

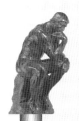

這一連串的問題，增加了這座雕像的神祕性和趣味性，也大大的增加了它的深度和廣度。不僅如此，羅丹故意忽略現實人體的結構，強調「走路」這個抽象動作的觀念，無疑影響到後來整個雕塑藝術的發展。雕塑從此脫離了古典寫實的路線，朝抽象的方向進行。

羅丹這位現代雕塑之父，就如同〈走路的人〉一樣，一直在走，不停在走，走向世界，走向宇宙，走向未來，走向永恆。他不但自己在走，他也帶領著我們在走。當萬物靜止的夜晚，他帶領著我們走向星月閃爍的天空。春去秋來，時光如流水般潺潺逝去，即使百年千年之後，他依然帶領著我們，走向永恆，走向無限。

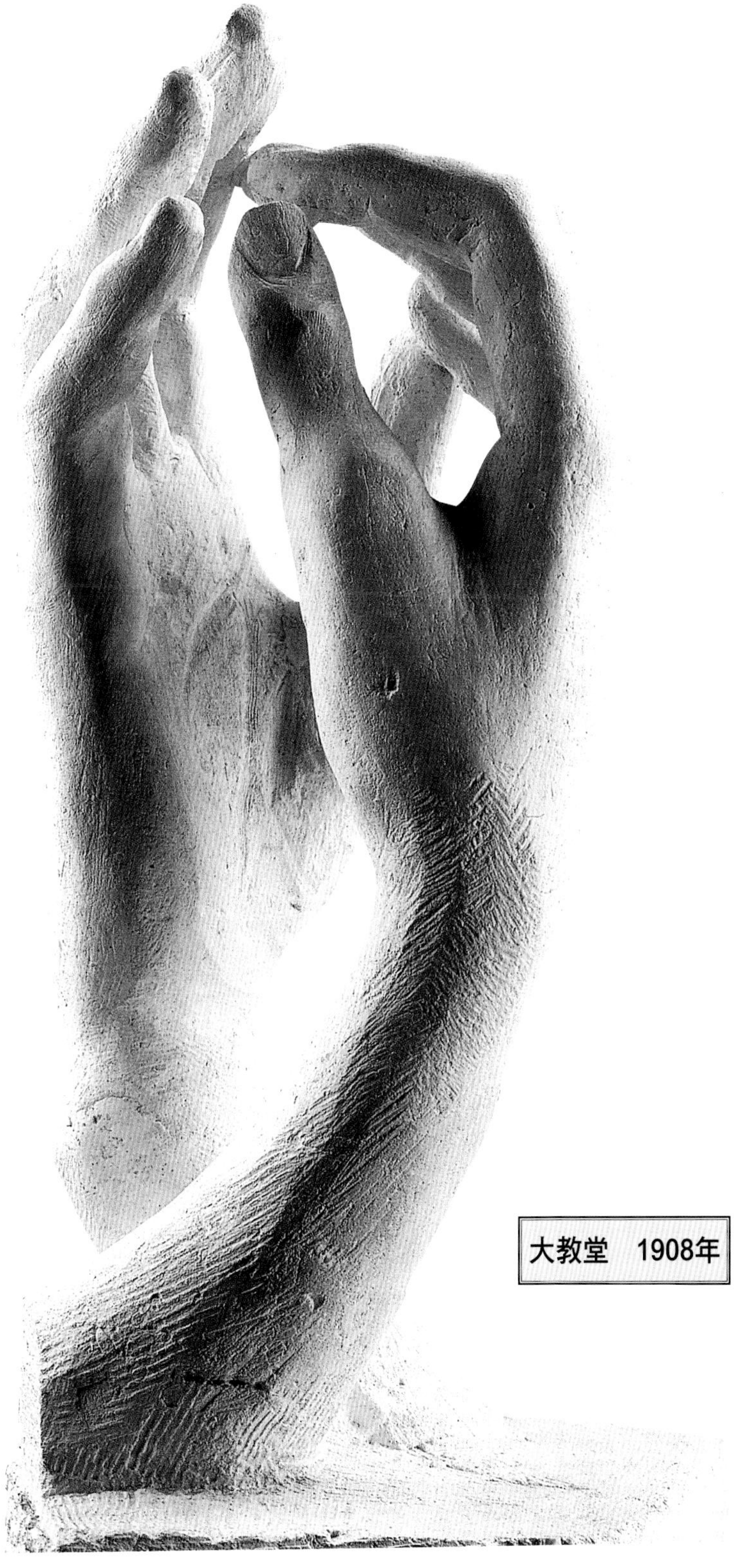

大教堂　1908年

（石頭　64 × 34 × 32cm　法國巴黎羅丹美術館藏）

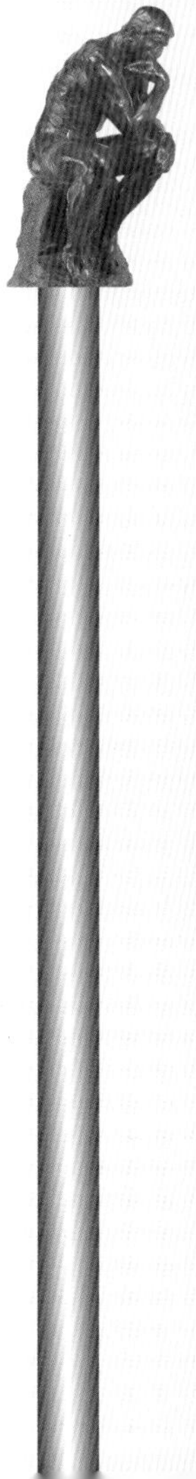

羅丹小檔案

1840 年　11 月 12 日，出生於法國巴黎。

1849 年　到一所貴族學校寄讀。開始沉迷於繪畫與雕塑。

1859 年　替父親塑製胸像。

1862 年　姐姐瑪麗亞因病去世，羅丹陷於極度的悲傷中，決定出家去當修士。

1863 年　修道院長老勸羅丹離開，專心去從事藝術工作。

1864 年　完成比比的頭像〈塌鼻人〉。認識替人縫衣為生的露絲小姐。

1872 年　以雕製房屋家具為生，貧困潦倒，但仍不放棄對藝術的追求。

1877 年　塑成成名作〈青銅時代〉。

1882 年　〈青銅時代〉得獎，終於被世人認可為現代最重要的雕塑家。

1883 年　搬進政府準備的大型工作室，開始塑造早已構想多時的〈地獄門〉。

1889 年　完成〈六市民〉。

1898 年　完成法國大文豪巴爾札克的塑像。

1900 年　在巴黎世界博覽會場展出二百件作品，〈走路的人〉也在其中。

1917 年　2 月 14 日，露絲病逝。逝世前兩星期，羅丹正式娶露絲為妻。11 月 17 日，羅丹去世。他生前居住的房屋改建為羅丹博物館，供後人參觀。

兒童文學叢書

藝術家系列

～帶領孩子親近二十位藝術巨匠的心靈點滴～

喬　托	達文西	米開蘭基羅	拉斐爾
拉突爾	林布蘭	維梅爾	米　勒
狄　嘉	塞　尚	羅　丹	莫　內
盧　梭	高　更	梵　谷	
孟　克	羅特列克	康丁斯基	
蒙德里安	克　利		

小太陽獎得獎評語

三民書局《兒童文學叢書・藝術家系列》，用說故事的兒童文學手法來介紹十位西洋名畫家，故事撰寫生動，饒富兒趣，筆觸情感流動，插圖及美編用心，整體感覺令人賞心悅目。一系列的書名深具創意，讓孩子們一面在欣賞藝術之美，同時也能領略文字的靈動。